Mark Sarg

Der galante Mord

AF523240

Mark Sarg

Der galante Mord

Bizarre Kurzgeschichten

Goldene Rakete Verlag für Belletristik

Imprint

Any brand names and product names mentioned in this book are subject to trademark, brand or patent protection and are trademarks or registered trademarks of their respective holders. The use of brand names, product names, common names, trade names, product descriptions etc. even without a particular marking in this work is in no way to be construed to mean that such names may be regarded as unrestricted in respect of trademark and brand protection legislation and could thus be used by anyone.

Cover image: www.ingimage.com

Publisher:
Goldene Rakete Verlag für Belletristik
is a trademark of
International Book Market Service Ltd., member of OmniScriptum Publishing Group
17 Meldrum Street, Beau Bassin 71504, Mauritius

Printed at: see last page
ISBN: 978-620-2-44526-9

Copyright © Mark Sarg
Copyright © 2019 International Book Market Service Ltd., member of OmniScriptum Publishing Group

INHALTSVERZEICHNIS

DER GEHEIMNISVOLLE VORHANG

Auf Schloss Drubbslemoor in Henglewood wirkt seit geraumer Zeit ein Phänomen: Hinter einem Vorhang in der Gemäldegalerie sind die Umrisse von etwas zu erkennen, das nicht erkennbar ***ist***.

Legionen von Parapsychologen und Wissenschaftlern aller Art, die seither um des Rätsels Lösung nach Henglewood pilgern, scheitern durchweg an ***einem*** Umstand:

Der Vorhang ist ***unberührbar***!

GLÜCKLICHE LEICHEN

„Bonjour!”, begrüßten einander morgens zwei Leichen, nachdem sie aufgestanden waren, „Sind ***wir*** glücklich, dass wir entschlafen sind!“

Und vergnügt tänzelten sie aus der Gruft – um festzustellen, dass es in Strömen regnete draußen.

„Sind ***wir*** glücklich, dass wir tot sind!“, jauchzten sie und krochen rasch wieder in den Sarg.

TOD UND TEUFEL

Ein etwas zurückgebliebener Teufel wollte sich nach längerer Abwesenheit wieder mal auf Erden amüsieren – und besuchte als Erstes einen für ihn gänzlich neuen Vergnügungspark.

Voll brennender Erwartung unternahm er sogleich eine Geisterbahnfahrt, während der er natürlich auch mit dem „Tod“ zusammenstieß. „Geben Sie sich keine Mühe, ich bin ***un***sterblich!“, versicherte er „ihm“, nicht ahnend, dass es sich um eine Illusion handelte, die prompt darauf zurückklappte.

„Na, ***der*** gibt rasch auf!“, wunderte er sich, „Verschont der ***jeden*** gleich so?! – Höchste Zeit, dass ***ich*** wieder auf der Welt bin!!“

Und gestärkt und voller Tatendrang sprang er aus dem Wagen.

DIE BEIDEN GYNÄKOLOGEN

Dr. Melville Sargspecht und Prof. Thymian Wildkerl, zwei angesehene Gynäkologen, waren einander auf Anhieb sehr zugetan.

Als es einmal bei einer komplizierten Geburt nicht und nicht weitergehen wollte, ließen sie rasch einen Pfarrer kommen und sich ***formell*** von diesem trauen.

Und nun – gestärkt mit kirchlichem Segen – konnten sie einen ***besonders*** strammen Jungen an Land ziehen!

„EINE VON DENEN, DIE INS GRAS BEISSEN"

Ein noch sehr junges, unerfahrenes Gespenst kehrte mit einem etwas älteren Kollegen nachts in einer Schlossbibliothek ein, um mit ihm, auf seinem Schoße sitzend, Karten zu spielen.

Ein Geräusch ließ es ängstlich zusammenfahren. Die Schlossherrin, Lady Baldwina Furthermoor, konnte nicht schlafen und kam herein, um Trost in der Bibel zu suchen. „Keine Sorge, Kleiner, du hast nichts zu fürchten. Das ist bloß eine von denen, die noch ins Gras beißen müssen!", beruhigte es sein Gefährte.

Als die Lady die beiden – die obendrein völlig ***nackt*** waren – gewahrte, war ihr dies des Schreckens ***zu*** viel: Sie gab auf der Stelle ***ihren*** Geist auf!

„Siehste – schon geschehen!", kommentierte das reifere Gespenst in gemütlichem Tonfall.

„Aber erkläre mir ***eines***, Darling:", bat das andere mit flötender Stimme, während es interessiert den Marmorboden betrachtete, „Wo ist hier ***Gras***?"

DAS MORBIDE GESCHÖPF

Ein morbides Geschöpf wusste nicht mehr so recht, was es **eigentlich** anstrebte – und beschloss daher versuchsweise seine vollständige Genesung.

Doch je länger es diesen Weg beschritt, desto mehr plagten es Schuldgefühle und Zweifel – und kurz vor dem Ziele überkam es die alte „Lust“, und es erwürgte sich.

DAS BOTANISCHE GESCHÖPF

Ein Geschöpf fragte sich sein Leben lang, warum es ausgerechnet ***botanisch*** und nicht etwa französisch sei.

Und begriff erst nach dem Tode mit kolossaler Erleichterung, dass es ohne allzu große Mühe ***beides*** hätte vereinen können.

DAS PARADIESISCHE GESCHÖPF

Ein paradiesisches Geschöpf hatte einfach nicht die geringste Ahnung, weshalb es hier auf ***Erden*** weilte.

Und dies war in der Tat auch sein einziges „Manko“.

DIE HEXE UND DIE LEICHE

Freifrau Bartolomea von Pudelhirn beschwor die ihr als besonders seriös und umgänglich empfohlene Hexe Hydergack Dreikopf, sie wieder ins Leben zurückzurufen.

„Gibt es irgendetwas, das Sie vermissen in Ihrem gegenwärtigen Zustande?“, erkundigte sich diese mit inquisitorischem Blick. „Ganz im Gegenteil! Aber gerade deswegen will ich mich ja von **neuem** darauf freuen – um die Seligkeit dann ***doppelt*** zu schätzen!“ – „Was Sie brauchen, meine Liebe, ist keine Hexe, sondern ein Psychiater!“

Und sie nahm sie gleich mit, um sie stolz ihrem Gemahle Dr. Laushaupt Ringelsack vorzustellen – der Verstorbene prinzipiell mit Handkuss und völlig gratis „therapierte“, damit er von ihrer unschätzbaren Erfahrung dereinst selber profitiere.

Und er erwies sich nun wahrlich als Koryphäe in seinem Fach. Denn sehr rasch erkannte die Patientin voll Genugtuung, dass sie für ihr Seelenwohl weder eine Hexe noch einen Psychiater – noch ***sonst*** jemanden benötigte!

DER BEFREMDLICHE GRAF WONNEGACK

Graf Irrwitz Wonnegack war so befremdlich, dass er sich selbst in keiner Weise begreifen konnte.

Folglich strebte er eine **klerikale** Karriere an – in deren Verlauf er, was fast ***noch*** befremdlicher war, zu Papst Sonnensack I. aufstieg.

Hätte er sich dadurch aber auch nur ein ***Jota*** besser verstanden, wäre dies freilich am **befremdlichsten** gewesen!

DAS UNVERWÜSTLICHE GESCHÖPF

Ein Geschöpf ist derart unverwüstlich, dass es sich nicht einmal selbst verwüsten kann.

Und so keucht, kreucht und fleucht es noch heute durch die Wüste …

DIE TANZENDEN MÜLLEIMER ODER DIE BEKEHRUNG

Eines Nachts unerwartet die Küche betretend, überraschte Mrs. Olivia Brautkerl ihre beiden Mülleimer inmitten eines vergnügten Tanzes. „Darf ich mittanzen?“, fragte sie animiert, erfuhr jedoch eine brüske Abfuhr: „***Du*** tanze mit dem ***Pfarrer***!!“

Da hatte sie verstanden. Zwei Tage später trat sie aus der Katholischen Kirche aus und konvertierte zum Buddhismus.

DIE FOLGEN DER SCHIMPFSUCHT

An einer besonders ***aus***geprägten Form der SS (Abkürzung für *Schimpfsucht*) hatte Lord Nelson Blaspheminger zu leiden. Den ganzen lieben Tag schimpfte er in allen nur denkbaren Variationen auf alles und jedes, und steigerte sich darin stetig.

Dies konnte ohne Lohn nicht bleiben. Eines Nachts erschien ihm der Teufel persönlich, sprach ihm sein besonderes Kompliment aus und fragte ihn, ob er nicht Lust hätte, eine seiner Kirchenfilialen zu übernehmen. Der dortige Pfarrer, berüchtigt für seine Schimpfkanonaden während der Predigten, sei vor kurzem zu ihm heimgekehrt.

Der Lord wusste die Ehre zu schätzen und musste gar nicht lange überlegen. Er versicherte dem Teufel hoch und heilig, seinem Vorgänger in nichts nachstehen zu wollen.

Letzteres Versprechen sollte sich freilich bald als gelinde **Untertreibung** erweisen: Bei wirklich jeder Gelegenheit, vor allem natürlich in den ausgedehnten Predigten, beschimpfte er die hilflosen Gläubigen mit derartiger Vehemenz und Lautstärke, dass sie sich nur noch durch reihenweise Flucht zu retten wussten. Schließlich war der neue „Gottesmann“ so gefürchtet, dass die Kirche gähnend leer blieb.

Da machte ihm Satan erneut seine Aufwartung. „Sie haben des Guten vielleicht doch etwas zu viel getan, mein Bester“, meinte er vorsichtig. „Von einer ***leeren*** Kirche haben wir doch ***beide*** nichts, oder?“

Worauf ihn der Ungestüme mit einem derart wüsten und **unflätigen** Schimpforkan bedachte, dass er sich tatsächlich nicht anders zu helfen wusste, als den Rasenden mit einem Kessel voll Weihwasser zu überschütten.

Augenblicklich ging eine Veränderung in ihm vor: Er fiel vor dem Teufel auf die Knie und begann ihn von unten nach oben mit solcher ***Inbrunst*** abzuschlecken, dass dieser nur noch laut kichernd aus seinem Haus entweichen konnte.

Der Lord hingegen kriecht seither den Kirchenboden auf und ab, um mit derselben Hingabe ***diesen*** abzulecken.

DAS WACHSAME GESCHÖPF

Ein Geschöpf wachte mit Argusaugen, dass es nur ***ja*** niemandem zu ***gut*** ginge auf Erden.

Und wann immer sich eine solch „unheilvolle“ Entwicklung auch nur abzuzeichnen begann, erhob es sofort den mächtigen Zeigefinger, um der Menschheit im Namen des Allmächtigen mit Hölle und Verdammnis zu drohen.

Wer ***das*** wohl gewesen sein mag?

DIE SCHNECKENBRAUT

Lady Hydergot Schmusejack war so gemächlich und bedächtig, dass sie glatt ihre Hochzeit verpasste.

Denn just am Tage des Ereignisses war der Bräutigam, Lord Kenneth Bettelgack, bereits verschieden.

DIE LEICHENHOCHZEIT

Müßig nachts umhergeisternd, lernten einander die Seligen Miss Tracy Salzhirt und Mrs. Sheila Kropfwirt kennen. „Wie kommt es bloß, dass wir bisher noch nie zusammengetroffen sind?“, wunderte sich die Letztere. „Bin erst kürzlich zugezogen, nachdem ich mich mit meinem alten Friedhof überworfen habe. Wollte der mir doch in seiner Prüderie glatt verbieten, ohne (Leichen-)Hemd im Mond zu baden!“, verriet ihr die Angesprochene hinter vorgehaltener Hand.

„Oh, würdest Du dein Gewand vielleicht auch ***jetzt*** ablegen?“, rief überaus animiert und erwartungsvoll die andere – worauf sich die Gebetene nicht lange zierte.

Die Folge war eine Hochzeit im Mondenschein!

DER MARINIERTE BARON

Baron Jutesack Wutzelkopf fand sich mariniert so lecker, dass er sich ohne langes Überlegen mit Hochgenuss als Hors d'oeuvre verspeiste.

Danach jedoch reflektierte er: „Noch klüger wäre es freilich gewesen, ich hätte mich zum ***Dessert*** aufgespart!"

DER RAUCHUNTERRICHT

Genüsslich zündete sich Monsieur Flaubert de Pinsch eine Zigarette im Pausenfoyer der Oper an. „Ach, Sie können rauchen?!“, bewunderte ihn eine sehr distinguierte Dame mit violett verschleiertem Gesicht und auffallend nasaler Stimme, „Wo haben Sie denn ***das*** gelernt?“

Er wollte kein Spaßverderber sein: „Das, meine Gnädigste, habe ich mir ganz alleine beigebracht.“ „Oh, würden Sie ***vielleicht*** den Versuch wagen, es auch mir beizubringen, mon cher?“, bat sie enthusiastisch. „Wenn Madame ihren Schleier zu lüften belieben ...“

Kaum hatte sie dieses getan, prallte er entsetzt zurück. Sie hatte keinen Mund! „Aber womit haben Sie denn gesprochen die ganze Zeit?“, stammelte er. „Mit der Nase natürlich. Hat man das nicht gehört?“ Sie war sichtlich amüsiert. – „Und womit essen und trinken Sie?“ „Ebenfalls mit der Nase“, erklärte sie nachsichtig.

Da steckte er ihr kurz entschlossen eine Zigarette in das linke Nasenloch, zündete sie an – und es funktionierte!

Die Begeisterung der Dame kannte keine Grenzen: Mit dem anderen Nasenloch gab sie Monsieur einen schmatzenden Kuss!

DIE CHARMANTEN LORDS

Lord George Nimmerwood und Lord Henry Waterspeier waren zum Tee bei Baronesse Alice Sahneschmelzer – und **überboten** sich geradezu vor Liebenswürdigkeit.

„Sie sind ganz einfach ***zu*** charmant, my Lords, um es ***nicht*** zu honorieren!", befand die Gastgeberin schließlich.

Und sie vergiftete beide.

DIE LACHENDE LEICHE

Eine Leiche, die zu einer solchen geworden war, weil ihr Ehemann sie versehentlich im Streit erschlug, bekam eines Nachts, als sie sich dessen entsetzten Gesichtsausdruck nach Erkennen seiner Tat wieder vergegenwärtigte, einen derart boshaft-hysterischen Lachanfall, dass sich ihr Sarg nicht anders mehr zu helfen wusste, als sie mit seinem Deckel ein zweites Mal zu erschlagen – um wenigstens eine Zeit lang in Ruhe schlafen zu können.

DER NACKTE PHILOSOPH

Höchst überrascht fand Prof. Edelmirus van Klopsch sich nackt in der Badewanne liegend. Weder konnte er sich erinnern, sich ausgekleidet, noch dort hineingelegt zu haben.

Wenn es aber ***er*** nicht war, wer war es dann gewesen?

Nach 30 Minuten angestrengtesten Grübelns endlich hatte er die Lösung: „Die ***Lerche*** war's und nicht die Nachtigall!", seufzte er erleichtert.

Jetzt erst ließ er das Wasser ein.

DAS DURCHTRIEBENE GESCHÖPF (2)

Ein durchtriebenes Geschöpf kroch den Leuten unter die Wäsche und trieb sie dann durch dick und dünn.

Aber das ***Durchtriebenste*** an ihm war: Wenn sie es **endlich** ins Herz geschlossen hatten – ließ es sie einfach sitzen!

DAS UNERSCHÖPFLICHE GESCHÖPF

Ein Geschöpf ist derart unerschöpflich, dass es seit Menschengedenken **unablässig** auf Erden weilt.

Nur weiß es dabei bis heute nicht, ob dies eher einen Segen oder – ***Fluch*** bedeutet …

DER HERR IM FAUTEUIL

In einem Auktionshaus erstand Madame Hermelinda Schigolina ein Gemälde des Titels „Herr im Fauteuil", welches einen soignierten Herren in einem ebensolchen Fauteuil zeigte.

Voll Stolz wollte sie es tags darauf einer erlesenen Schar von Gästen präsentieren. Als sie diese in ihren fliederfarbenen Salon gebeten hatte, brachen jedoch Gekicher und lautes Gelächter aus – und mit feuerrotem Kopfe musste sie feststellen, dass der Herr im Bild nunmehr mit heruntergelassener Hose auf dem WC saß!

Hocherzürnt eilte sie zum Auktionator und knallte ihm das „Machwerk" auf den Tisch. Doch war mittlerweile der Herr daraus verschwunden, wohingegen sich stattdessen die WC-Schale überdimensional auftat.

„Mit Kundschaften wie ***Ihnen*** sind wir ***gleich*** fertig!" Der Beamte packte sie und warf die wild um sich Schlagende einfach hinein!

Danach wurde das Bild unter dem Titel „***Dame*** im Fauteuil" feilgeboten.

DIE UNHEIMLICHEN WÄNDE

Nachts aus unruhigem Schlafe erwachend, vermeinte Monsieur d'Albert Flattergeist plötzlich ein Anwachsen und Näherrücken der Zimmerwände zu konstatieren. „Alles bloß Einbildung!", lächelte er, der ein heller und aufgeklärter Kopf war.

Dem zum Trotze rückten die sich stetig vergrößernden Wände allmählich immer dichter und bedrohlicher an sein Bett heran. Weiterhin mit Gleichmut ließ er es geschehen.

Als sie ihn aber – inzwischen ***riesig*** – bereits berührten und zu erdrücken drohten, wurde er von Zorn erfasst. „***Verflixtes*** Pack! Was ***fällt*** euch ein! – Ihr ***könnt*** mich mal!!", fuhr er sie an.

Da wichen sie entsetzt zurück und gaben ihn frei.

DIE FEURIGE JUNGE LEICHE

Eine junge Leiche war so temperamentvoll und feurig, dass sie es kaum ***erwarten*** konnte, verbrannt zu werden.

Noch kurz zuvor tanzte sie einen wilden Flamenco auf dem Deckel ihres Sarges, so dass die Krematoriumsmitarbeiter alle Mühe hatten, sie auch tatsächlich dem Feuer zu übergeben.

Und danach konnte sie ihre Asche gar nicht ***rasch genug*** in alle Winde zerstreuen, um endlich ihre ***Reiselust*** voll ausleben zu können!

INSEKTEN IN SEKTEN

Zwei Fliegen, Clara und Timmy, beschlossen, zwei verschiedenen Sekten beizutreten und sich dann über deren Eigentümlichkeiten auszutauschen. Da es sich aber um Eintagsfliegen handelte, kamen sie leider nicht mehr dazu.

Die eine wurde von ihrer Sekte als „reformierte Christin“ in allen Ehren beigesetzt, die andere landete als „unbekehrbare Heidin“ in einem anonymen Massengrab.

DER PHANTASTISCHE REITER

Graf Wonnebart Freibier ritt so phantastisch, dass er bald kein Pferd mehr hierzu benötigte.

Und da er forthin auch den Hafer selber fraß, wurde er zu guter Letzt selbst zum Hengst – der sich nun seinerseits durchaus gerne mal reiten ließ ...

DIE BLITZHOCHZEIT

Hurtig unterwegs, prallten Sir Francis Trottburger und Mrs. Agatha Krautmirl an einer Hausecke aufeinander. ***Sie*** rammte ihm ihre volle Einkaufstasche in den Bauch, ***er*** ließ ihre Magengrube unsanfte Bekanntschaft mit dem Knauf seines Spazierstocks schließen.

Dies beeindruckte die beiden, die einander nie zuvor begegnet waren, dermaßen, dass sie einvernehmlich beschlossen, ihren Kurs zu ändern.

Sie eilten zum Standesamt, um unverzüglich zu heirateten.

DAS PERSÖNLICHE GESCHÖPF

Ein persönliches Geschöpf hatte die Schnauze gestrichen voll von seiner Persönlichkeit – und zog daraus die Konsequenz.

Es wurde immer ***un***persönlicher, bis es zu guter Letzt ***ganz*** von sich „erlöst“ war.

DAS UNPERSÖNLICHE GESCHÖPF

Ein unpersönliches Geschöpf wurde in sämtlichen, schwerwiegenden Anklagepunkten freigesprochen und umgehend wieder auf freien Fuß gesetzt.

Er habe darin, wie Richter Lord Clarence Milchkraut in der ausführlichen Urteilsbegründung darlegte, keinerlei Schwierigkeiten gesehen – umso mehr alle Tatbestände ohnehin rein **abstrakt** zu bewerten waren.

DAS VERRUFENE GESCHÖPF

Ein über die Maßen verrufenes Geschöpf begegnete einem gleichwohl am helllichten Tage, in harmlosester Aufmachung, meist gar auf Massenveranstaltungen, und hatte auch sonst keine geheimnisvollen oder mystischen Botschaften parat.

Nur war es eben leider – gewählter Volksvertreter.

DAS LIEBESPAAR DES JAHRTAUSENDS

Einer breit angelegten Umfrage eines seriösen Partnerinstituts zufolge sollte der **ideale Lebenspartner** vor allem folgende Eigenschaften aufweisen:

Er sollte ***stumm*** sein, damit er nicht ständig widersprechen könne.
Er sollte ***gehbehindert*** sein, damit er seiner Frau oder seinem Mann nicht davonlaufen könne.
Er sollte ***nackt*** sein, damit er nicht in Verlegenheit käme, unpassende oder gar falsche Kleidungsstücke anzulegen.
Und er sollte möglichst aus ***Stein*** sein, damit er sich einerseits nicht alles so zu Herzen nehme und anderseits nicht über jede Kleinigkeit aufrege.

Demoiselle Aurelie Wendergasser erfuhr bei einem Besuch des Instituts von diesem Ideal und entschloss sich daraufhin, selbst eine entsprechende Annonce aufzugeben.

Wenig später meldete sich prompt eine männliche Grabstatue des Städtischen Friedhofs, die nur ***eine*** Bedingung für den Fall einer Vermählung stellte: Die Auserwählte müsse zu ihr ziehen, im Grab ihres Herrn sei noch ausreichend Platz.

Gleich beim ersten Rendezvous verliebten sich die beiden und heirateten tatsächlich in der Folge. Demoiselle Wendergasser gab all ihr Hab und Gut auf und zog zu der Statue auf den Friedhof.

Von den Zeitungen wurden die beiden schließlich zum „Liebespaar des Jahrtausends“ gekürt.

DAS VOREILIGE GESCHÖPF

Ein Geschöpf war sich einfach viel zu sicher, in den Himmel zu gelangen. Und so „garnierte" es seine irdische Existenz mit ungezählten Menschenopfern, die es dem Allmächtigsten als Gegenleistung zu schulden glaubte.

Wohl kaum vonnöten, noch weiter zu erörtern, ***wer*** da gemeint sei und ***wohin*** er dann tatsächlich geriet …

DAS UNVERSÖHNLICHE GESCHÖPF

Ein Geschöpf trat den Leuten auf die Zehen
und ließ sie partout nicht weitergehen.

Und suchten sie sich zu versöhnen,
begann es sie wild zu verhöhnen.

Wer nun meint, dass dies der Teufel war
– hat damit recht nur um ein Haar.
Denn das Geschöpf war Missionar!

DER WC-PAPST

Ein WC-Papst (jener Herr, der am ***häufigsten*** öffentliche Toiletten aufsucht) erschrak eines Morgens fürchterlich.

Als er seinen „Antrittsbesuch“ absolvierte, stand in der Mitte der Herrenanlage breitbeinig eine ***Nonne***, die ihm mit unverschämter Koketterie zugrinste.

In Panik rannte er auf die Damentoilette – fand dort jedoch zwei ***Bischöfe*** bei einer „heiligen Handlung“ vor.

Auf den Knien bat er sie inständigst um Vergebung für die Störung. Worauf sie ihn segneten und in Frieden entließen.

So hatte seine Tour doch noch verheißungsvoll begonnen.

DIE BEIDEN LEICHEN

Zwei Leichen kannten einander von früher her – vom Wegschauen.

Nun, da durch ein Missgeschick der Friedhofsverwaltung beide im ***selben*** Sarg bestattet worden waren, hatte sich eine etwas ***zugespitzte*** Situation ergeben.

Eines Tages schließlich drehte sich die eine um und raunte: „Du ***kannst*** mich mal!“

Und damit war der Bann gebrochen.

DIE LEICHE UND DER SCHMETTERLING

Die selige Comtesse Tulpina Knochenkuss sonnte sich im Liegestuhl auf einer Friedhofswiese, als sich ein Schmetterling auf ihre Nase setzte. „Ich mache Sie lieber gleich aufmerksam, dass Sie bald abstürzen werden, weil mein Näschen Ihrem Gewicht nicht lange gewachsen ist!“, warnte sie ihn.

„Ach was, wozu habe ich Flügel!“, dachte ihr Besucher, bewegte diese vorsorglich auf und ab und drehte eine Pirouette – worauf die Nase tatsächlich abzubröckeln begann und er grußlos und ohne Entschuldigung davonflog.

„Ich kann Sie nicht mehr ***riechen***, Sie Flegel!“, rief ihm die Lädierte wütend nach. „Ich Sie schon längst nicht mehr“, murmelte der Schmetterling, der sich bereits an einer Rose gütlich tat, unbekümmert.

Er ahnte ja nicht, dass ihn die Geschädigte wegen fahrlässiger Körperverletzung belangen würde ...

DER GALANTE MORD

Ein Mord lauerte nachts in einer finsteren Gasse einer eleganten Dame auf, um sie galant zu fragen: „Wie hätten Sie mich denn gerne, gnädige Frau?“

„Ach, verschwinden Sie!“, antwortete diese nur. Da verschwand er mit ihr.

Die beiden wurden nie mehr wiedergesehen.

DER VERJÄHRTE MORD

Ein Mord, der bereits verjährt war, hatte sich zur Ruhe gesetzt und genoss seine Alterspension.

Eines Nachts holte ihn jedoch die Vergangenheit ein: Sein Opfer, Lady Harriet Hennenmeister, stand im Nachthemd vor seinem Bett. „Ich mache Sie höflichst darauf aufmerksam, Mylady, dass ich nicht mehr im Dienste bin und Sie daher nicht ***noch einmal*** umbringen kann", belehrte er sie, „Ich bitte um Ihr Verständnis!" „Ich bin durchaus nicht **dienstlich** hier", klärte ihn seine Besucherin hämisch auf und schlüpfte zu ihm ins Bett.

In seiner Abgestumpftheit missdeutete er ihr Lächeln als **charmant** und meinte, sie hätte ihm endlich vergeben. Selig ließ er sich von ihr in den Schlaf wiegen.

Danach entfernte die Lady die Bettdecke und entschwand durch das Fenster, welches sie – bei Minusgraden – geöffnet ließ.

Der Mord zog sich eine Erkältung zu, an deren Folgen er wenige Tage später in aller Abgeschiedenheit verstarb.

DER PAPST ALS LUMP

Ein Papst hatte die glorreiche Idee, an einem Nobel-Kostümball in zerlumpten Gewändern teilzunehmen.

Die Gäste hielten ihn jedoch wirklich für einen armen Lumpen und öffneten ihr Füllhorn reichlich, sodass er überhäuft mit Geld und Schmuck in den Vatikan heimkehrte.

Seit diesem Zeitpunkt tritt der Papst nur noch als Lump in Erscheinung.

yes

I want morebooks!

Buy your books fast and straightforward online - at one of world's fastest growing online book stores! Environmentally sound due to Print-on-Demand technologies.

Buy your books online at
www.morebooks.shop

Kaufen Sie Ihre Bücher schnell und unkompliziert online – auf einer der am schnellsten wachsenden Buchhandelsplattformen weltweit! Dank Print-On-Demand umwelt- und ressourcenschonend produziert.

Bücher schneller online kaufen
www.morebooks.shop

KS OmniScriptum Publishing
Brivibas gatve 197
LV-1039 Riga, Latvia
Telefax: +371 686 204 55

info@omniscriptum.com
www.omniscriptum.com

Printed by Books on Demand GmbH, Norderstedt / Germany